AF399769

MIGUEL DE CERVANTES

El maestro de la locura

Por Constantin Maes

Traducido por Laura Soler Pinson

Arte y literatura   50MINUTOS.es

CERVANTES

- **¿Nombre?** Miguel de Cervantes Saavedra.
- **¿Nacimiento?** Nacido en torno al 29 de septiembre de 1547 en Alcalá de Henares (España).
- **¿Muerte?** Enterrado el 23 de abril de 1616 en Madrid (España).
- **¿Contexto?** Cervantes vive en un periodo de declive político para España, pero este debilitamiento se ve compensado por una intensa efervescencia cultural que llega a todas las artes y, más en especial, a la literatura.
- **¿Obras principales?**
  - *El cerco de Numancia* (1585)
  - *La Galatea* (1585)
  - *El ingenioso hidalgo don Quijote de la Mancha*, abreviado como *El Quijote* (dos volúmenes publicados en 1605 y en 1615)
  - *Novelas ejemplares* (1613)
  - *Los trabajos de Persiles y Sigismunda* (1617)

Miguel de Cervantes, autor español imprescindible de los siglos XVI y XVII, está considerado a menudo el escritor más importante de la península ibérica. Proviene de una familia relativamente modesta y lleva una vida casi tan azarosa como la de sus protagonistas. Cervantes, que ejerce como criado de un futuro cardenal y, a continuación, pasa a ser soldado, prisionero de guerra, recaudador de impuestos y fugitivo implicado en un asesinato, logra sacar tiempo para componer poemas, obras de teatro, novelas cortas y novelas entre 1569 y el momento de su muerte.

Cabe señalar que este escritor rebelde se inscribe en un contexto cultural tremendamente estimulante: el Siglo de Oro español. Aunque, en el plano político, España ha iniciado su declive, su producción artística es especialmente abundante. Pintores, escritores, arquitectos y músicos ponen a prueba su imaginación para ofrecer a su país algunas de sus mejores obras maestras. No obstante, frente a las innovaciones de los dramaturgos y de los poetas de su época, Cervantes no da la talla, a pesar de su innegable talento; por lo tanto, serán sus novelas cortas y extensas las que marcarán la historia de la literatura. Cuando parodia antiguos modelos, en particular los relatos de caballería, termina de dar forma a la novela picaresca, un relato de aventuras donde el número de situaciones estrafalarias equivale a la variedad de personajes con los que los protagonistas se encuentran. Su famoso *Don Quijote*, que el escritor imagina mientras está en la cárcel, sigue a día de hoy fascinando a los lectores de todo el mundo por su humor y por su carácter absurdo.

Entre 1925 y 1930, en la plaza de España de Madrid, se erige un monumento en recuerdo de Cervantes, realizado por los arquitectos Rafael Martínez Zapatero y Pedro Muguruza, y por el escultor Lorenzo Coullaut Valera. Este hecho revela la importancia del autor en la literatura española. El monumento está conformado por esculturas de piedra que representan a Cervantes (en el centro) y a Aldonza Lorenzo, más conocida en *El Quijote* como Dulcinea del Toboso, así como por dos esculturas en bronce en las que se reconoce a don Quijote y a su escudero, Sancho Panza.

CONTEXTO

LA ESPAÑA DEL SIGLO XVI, UN IMPERIO UNIVERSAL

Durante la segunda mitad del siglo XVI, España se encuentra a la cabeza de un inmenso territorio que se ha ido formando poco a poco gracias a las conquistas, a las alianzas y a los grandes descubrimientos. Carlos I de España y V de Alemania (1500-1558) construye un «imperio en el que nunca se pone el sol» (Santana Romero 2016), desde Perú hasta Filipinas, pasando por el sur de Italia y los Países Bajos. Su prosperidad se la debe en gran parte a las colonias: estas proporcionan nuevos productos (maíz, patatas, judías, etc.) que diversifican el mercado europeo, mientras que el oro y los demás metales preciosos que abundan en las Américas permiten acuñar mucha moneda. Los intercambios comerciales entre las distintas zonas del imperio ayudan a que nazca una forma precoz de globalización.

Al final de su reinado, entre 1555 y 1558, Carlos

V divide su imperio en dos partes: lega las regiones germánicas a su hermano, Fernando I (1503-1564), mientras que su hijo, Felipe II (1527-1598), hereda casi todos los territorios que, a su vez, dejará a su propio hijo, Felipe III (1578-1621). Cervantes escribe bajo el reinado de estos últimos reyes, que basan su autoridad en las constantes campañas de su ejército, uno de los más eficaces de la época, y en una administración compleja —dada la amplitud del territorio, la aplicación de las decisiones reales se delega en virreyes dependiendo de las regiones que, a su vez, disponen de una multitud de funcionarios—. Pero sus éxitos militares, como la batalla de Lepanto (1571), que pone un punto final al avance otomano por el Mediterráneo, se ven contrarrestados por unas dolorosas derrotas: en 1588, es derrotada la Armada Invencible, conformada por 130 embarcaciones que iban a la conquista de Inglaterra.

PROBLEMAS ECONÓMICOS Y SOCIALES

Así, cuando está empezando a despuntar el siglo XVII, ya se ha iniciado el declive político del

Imperio español, sobre todo porque surgen una serie de dificultades económicas y sociales. Ya a partir de la segunda mitad del siglo XVI, a la evolución demográfica se une una bajada de la producción, debida al abandono progresivo de los oficios del campo por una parte de los campesinos, que quieren disfrutar de los beneficios ligados a las importaciones de las colonias. Esto acaba generando un desequilibrio. La inflación debilita a las capas más pobres de la población y los impuestos que se recaudan rápidamente para intentar restablecer el equilibrio presupuestario los obligan a emigrar masivamente hacia las ciudades, con la esperanza de poder sobrevivir más cómodamente.

En paralelo, los metales preciosos que provienen de América empiezan a agotarse, mientras que los costes de funcionamiento del imperio en los planos administrativo y militar son importantes. Así, al Estado le cuesta pagar sus deudas. Por otra parte, los musulmanes de España, obligados a convertirse, amenazan en varias ocasiones con sublevarse y, finalmente, son expulsados en 1609. Pero su partida debilita todavía más la economía española y las diferencias entre las distintas clases sociales no dejan de aumentar. Para acabar, aunque los pobres sufren de lleno los problemas económicos, la nobleza, apartada de las decisiones políticas en favor de consejeros letrados, también manifiesta su desacuerdo con mayor frecuencia.

LOS SOBERANOS ESPAÑOLES, LOS REYES DE LA CONTRARREFORMA

Pero el siglo XVI también es particularmente turbulento en el plano religioso tras la Reforma que inicia el monje alemán Martín Lutero (1483-1546). En 1517, este publica una lista de 95 tesis en las que denuncia los abusos de la Iglesia católica romana, en especial, el comercio de las indulgencias. También preconiza una vuelta a los orígenes del cristianismo, que en su opinión debe pasar por una lectura más cuidadosa de la Biblia y por la posibilidad de que cada uno ejerza su fe en su propia lengua, y no exclusivamente en latín. Entonces, nace el protestantismo como una rama disidente del cristianismo y se expande rápidamente, en particular por el norte de Europa. Como reacción, la Iglesia romana convoca a todos los obispos del mundo católico para reafirmar los principios fundamentales del catolicismo y consolidar su posición: se trata del Concilio de Trento, que se desarrolla entre 1545 y 1563. El movimiento que deriva de ello, la Contrarreforma, ratifica definitivamente el divorcio entre el catolicismo y el protestantismo.

Carlos V y Felipe II se erigen en reyes del catolicismo ortodoxo frente a lo que consideran una amenaza y se afanan por aplicar escrupulosamente los valores que promulga el Concilio de Trento. Los últimos moros de España, de religión musulmana, son convertidos a la fuerza y el movimiento jesuita, que funda en 1534 el español Ignacio de Loyola (1491-1556), vela por la formación de los sacerdotes y por la educación de los jóvenes. Pero, sobre todo, la Inquisición, un tribunal que condena las prácticas que no cumplen con el catolicismo, completa la uniformización religiosa en todos los territorios que pertenecen a la corona española, salvo en los Países Bajos del sur. Estos, que se han unido mayoritariamente al protestantismo, ven con malos ojos la política religiosa de Felipe II. Entonces, la burguesía y la nobleza se unen para reclamar la libertad de culto y, en 1581, tras unos violentos enfrentamientos, las siete provincias del norte se separan de los Países Bajos del sur, que se mantienen al amparo de la corona española, para convertirse en las Provincias Unidas.

EL SIGLO DE ORO O LA SUPREMACÍA CULTURAL ESPAÑOLA

Por paradójico que parezca, estos acontecimientos oscuros se ven contrarrestados por un prodigioso florecimiento cultural. En efecto, el arte español vive un periodo de gran prosperidad que a menudo se llama Siglo de Oro, que empieza después de que Cristóbal Colón (1450/1451-1506) descubra el Nuevo Mundo en 1492 y termina hacia mediados del siglo XVII. La literatura española está representada por los sonetos cultos de Luis de Góngora (1561-1627), las comedias nuevas y barrocas de Lope de Vega (1562-1635) o la obra de Quevedo (1580-1645). Por su parte, las novelas picarescas que presentan a un protagonista de clase baja (el pícaro) en aventuras extravagantes aparecen a mediados del siglo XVI. *La vida de Lazarillo de Tormes y de sus fortunas y adversidades*, un texto anónimo publicado en 1554, constituye el primer ejemplo del género. La novela, desprovista de reglas, se adapta fácilmente a la pérdida de referencias y de estructuras que caracteriza la época de Cervantes. Bajo la apariencia de ficción, permite una crítica social y un cuestionamiento filosófico.

Las demás artes no se quedan atrás: El Greco (1541-1614) y Velázquez (1599-1660) destacan en pintura, mientras que Tomás Luis de Victoria (1548-1611) compone las melodías que acompañan las grandes ceremonias religiosas de la época.

¿Sabías que…?

San Lorenzo de El Escorial, al noroeste de Madrid, simboliza la hegemonía cultural de la España del Siglo de Oro. En 1584 se termina de construir este centro de poder multifuncional, encargado por Felipe II en 1563, bajo la dirección de Juan Bautista de Toledo (1515-1567) en un primer momento y de Juan de Herrera (1530-1597) después. Allí encontramos un palacio real, un monasterio, una basílica, una biblioteca, una pinacoteca y un panteón que alberga el cadáver de Carlos V y de sus sucesores. El complejo representa a la perfección el vínculo entre poder, arte y religión en la época de Felipe II.

BIOGRAFÍA

UN ORIGEN HUMILDE

| Retrato de Miguel de Cervantes.

Cervantes, nacido en 1547, probablemente el 29 de septiembre, en Alcalá de Henares, al lado de Madrid, proviene de una familia relativamente modesta. Poco se sabe sobre su madre, Leonor de Cortinas Sánchez, mientras que su padre, Rodrigo de Cervantes (1509-1585), es un cirujano un tanto problemático que reivindica una ascendencia noble, pero que en realidad es hijo de un médico de Córdoba. Rodrigo de Cervantes, que con frecuencia tiene problemas con la justicia y está endeudado, habría llevado a su esposa y a sus cinco hijos a merced de sus andanzas, según cuentan los rumores.

Se sabe que la familia de Miguel de Cervantes pasa por Valladolid y por Córdoba, pero lo cierto es que los primeros años de su vida siguen siendo bastante inciertos. El primer dato seguro que tenemos sobre él data de 1566: el joven es el alumno de un humanista madrileño, Juan López de Hoyos (1511-1583), que en 1569 publicará los primeros intentos poéticos del escritor.

UNA JUVENTUD ROCAMBOLESCA

En 1568, Cervantes toma parte en una misteriosa trifulca. ¿Se trata de un duelo por amor o de una pelea motivada por otra razón? Resulta imposible saberlo, pero un decreto real ordena el arresto de un hombre llamado Miguel de Cervantes, que habría herido a un tal Antonio de Sigura. ¿Es él? De nuevo, no podemos afirmarlo con total seguridad. Sin embargo, lo que sí puede comprobarse es que Cervantes se va precipitadamente a Italia en esa misma época. En Roma, se pone al servicio de un futuro cardenal, Giulio Acquaviva (1546-1574) y ejerce como su secretario.

Sin embargo, esta etapa de tranquilidad dura poco: por motivos difusos, bien porque no puede alargar su función junto a Acquaviva, bien porque quiere reafirmar su identidad como auténtico español de origen —dado que su familia tiene muchos rasgos de los judíos conversos, pesan sospechas sobre sus raíces en esta época—, Cervantes ingresa en el ejército. Tras haber saqueado varias regiones de Italia, triunfa a las órdenes de Juan de Austria (1545-1578), el hermanastro de Felipe II. En este contexto, participa en 1571 en la batalla naval de Lepanto, cuyo objetivo es frenar el avance otomano por el Mediterráneo. Aunque pierde la movilidad en su mano izquierda, sigue formando parte de las campañas del ejército austriaco durante unos años, antes de iniciar su regreso a España en 1575.

LA EXPANSIÓN DEL IMPERIO OTOMANO

El Imperio otomano (1299-1923) es una de las potencias más importantes de la Edad Media y de la era moderna. Se forma en la actual Turquía, con Constantinopla como capital a partir de 1453, y en su momento más álgido se extiende por Oriente Medio y Próximo y las costas del norte de África, y avanza por tierras europeas hasta Viena. En el siglo XVI, bajo el reinado de Solimán el Magnífico (1494-1566), Selim II (1524-1574) y Murad III (1546-1595), su expansión terrestre se ve acompañada de avances navales en el Mediterráneo, principal-mente en detrimento de las ricas ciudades italianas. Los ataques otomanos llevan a los Estados del papa, la República de Venecia, España y otras potencias a aliarse para repeler al invasor. El enfrentamiento se produce en Lepanto el 7 de octubre de 1571, cerca de la costa occidental griega: la flota otomana, con fama de ser invencible, sufre graves pérdidas y, tras una jornada de combates violentos, se ve obligada a batirse en retirada. Esta batalla marca el freno de la expansión otomana por el Mediterráneo.

DE LAS CÁRCELES DE ARGEL A LOS PRIMEROS ÉXITOS

El barco de Cervantes, que parte de Nápoles, sufre los ataques de las embarcaciones otomanas en alta mar. El escritor, acompañado por su hermano, es hecho prisionero y es llevado a Argel, donde se le considera un preso importante, por el que podría pedirse un rescate. En 1577, la suma de dinero que acumula su madre permite la liberación de uno de los dos hombres: Cervantes se sacrifica, mientras que su hermano, Rodrigo, es liberado. Cervantes, que posee una gran imaginación, pone a punto cuatro intentos de fuga, a cada cual más pintoresco. Pero todos fracasan por falta de suerte o a causa de una traición entre los prisioneros o entre sus contactos de fuera de la cárcel. Estas aventuras marcarán durante mucho tiempo al autor y alimentarán varios de sus relatos. Para acabar, en 1580, una expedición liderada por los miembros de una orden religiosa logra negociar la liberación o la compra de los cautivos, entre los que se encuentra Cervantes, quien por fin puede volver junto a los suyos a Madrid.

A esto le sigue un periodo de productividad literaria intensa, en la que Cervantes logra el éxito, sobre todo gracias a su obra *El cerco de Numancia* (1585) y a la novela pastoril *La Galatea* (1585). En 1584, se casa con una tal Catalina de Salazar y Palacios, casi veinte años menor que él. Durante los dos años siguientes, escribe y representa varias obras de teatro de las que pocas han sobrevivido en la actualidad, pero de las que nos quedan los títulos.

LOS TORMENTOS DE LOS ÚLTIMOS AÑOS

Sin motivo aparente, Cervantes aparca la escritura y deja a su joven esposa para irse a Andalucía en 1587. Allí recorre la región trabajando como recaudador de víveres y, más adelante, como recaudador de impuestos. En 1592 es acusado de haber confiscado indebidamente el trigo de un monasterio, por lo que es excomulgado y encarcelado en Castro del Río. Es liberado, pero es arrestado de nuevo unos años más tarde por malversación en la recaudación de impuestos. Culpable o no, Cervantes es hecho prisionero en Sevilla en 1597. Es probablemente en su celda andaluza donde va alimentando el proyecto de una gran novela de parodia innovadora. El resultado será *El Quijote*. Tras varios meses de cautividad, es puesto en libertad y desaparece hasta 1604.

La primera parte de *El ingenioso hidalgo don Quijote de la Mancha* se publica en 1605. La obra, que reinventa la novela picaresca, alcanza rápidamente un gran éxito. Sin embargo, un año más tarde, Cervantes es acusado del asesinato de un noble que se ha producido delante de su casa. El escritor vuelve a vivir una época problemática. Sin embargo, termina por obtener la protección de personalidades importantes de la corte y sus últimos años se cuentan entre los más productivos: *Novelas ejemplares* se publica en 1613, *Viaje del Parnaso* en 1614 y la segunda parte de *El*

Quijote en 1615. Dos días antes de su muerte, da los últimos retoques a su novela *Los trabajos de Persiles y Sigismunda.* Cervantes es enterrado en Madrid el 23 de abril de 1616.

| Portada de la primera edición de *El Quijote*, 1605.

CARACTERÍSTICAS

PROSISTA MÁS QUE POETA

A pesar de los numerosos intentos en su mayoría dignos, Cervantes nunca logra abrirse camino realmente en otros géneros literarios que no sean la novela y la novela corta. Con todo, su primera obra publicada es un conjunto de cuatro poemas de circunstancia —es decir, relacionados con un acontecimiento en particular—. Consciente de sus límites, el propio Cervantes escribe en *Viaje del Parnaso* que no ha tenido la suerte de recibir el don de componer versos. En esta obra en verso con tintes de ironía y de capacidad para reírse de uno mismo, el escritor se saca a escena: reúne a los mejores metristas españoles y los envía al mítico monte Parnaso para afrontar allí en duelo a los poetas menos recomendables. Sin embargo, aunque Cervantes no logra abrirse camino como poeta, los versos aparecen en la mayoría de sus obras en prosa, aunque siempre se mantienen subordinados al resto del texto.

Las mismas reticencias del público se aplican a

sus obras teatrales. Solo *El cerco de Numancia* recibe los favores de los espectadores. En efecto, el escritor no puede luchar contra las innovaciones de Lope de Vega, el dramaturgo español más famoso de la época. Los actores se van alejando de sus creaciones, que se consideran anticuadas, difíciles y demasiado tradicionales, a pesar de una cierta originalidad que se debe a algunos elementos que toma del teatro antiguo. Entonces, Cervantes se resigna a no volver a representar sus obras y se limita a publicar algunas de ellas en una recopilación titulada *Ocho comedias y ocho entremeses nuevos* (1615).

UNA PROFUSIÓN NARRATIVA

De toda la obra de Cervantes se desprenden algunas características propias que se mezclan y que definen toda la particularidad del autor. En sus relatos en prosa, usa en primer lugar un número importante de personajes y de situaciones. Muchas de estas dan lugar a relatos incrustados o a episodios digresivos que se suman al hilo conductor inicial para explorar algunos temas, personajes secundarios o cuestionamientos contemporáneos. Así, en *La Galatea*, los personajes de Tirsi y Damón interrumpen con frecuencia el transcurso de la historia para dialogar acerca de la pasión amorosa, que se encuentra en el núcleo de la obra.

Además de estas interrupciones del hilo narrativo principal, el aspecto heterogéneo de las obras novelescas de Cervantes también se ve acentuado por su segmentación en distintos episodios que casi pueden leerse de forma independiente. Asimismo, estos vienen precedidos de un título significativo que anuncia los acontecimientos que se desarrollan en ellos. Lo que conforma la obra completa es la sucesión de estos pasajes más o menos individualizados.

LA PARODIA Y EL DISCURSO SOBRE LA LITERATURA

Por su parte, los temas de sus obras (el amor, la locura, lo sobrenatural, etc.) pertenecen al repertorio tradicional. No obstante, Cervantes hace gala de una originalidad innegable al tratarlos de forma paródica, humorística o innovadora, con lo que cuestiona las prácticas literarias de su época y de los siglos anteriores. Así, *La Galatea* retoma los códigos de la novela pastoril —un relato de amor entre dos jóvenes pastores en un marco idílico— mientras presenta a la vez un debate acerca de los motivos de esta pasión, cuando la tradición se limita simplemente a observarla. En *Los trabajos de Persiles y Sigismunda*, el autor moderniza la novela griega, un tipo de relato de aventuras que data de la Antigüedad. Para acabar, el ejemplo más destacable es *El Quijote*, sin lugar a dudas, que es una parodia de las novelas de caballería que circulaban a finales de la Edad Media y que representaban a valientes combatientes repletos de virtudes.

Pero no se trata del único procedimiento original que emplea el autor. En especial, en el prólogo de *El Quijote*, el escritor marca una distancia con respecto a su relato al declarar que toma los primeros capítulos de los archivos de la Mancha y que el resto del texto es una traducción del árabe de la obra de un tal Cide Hamete Benengeli. Esta estratagema que, por otra parte, es utilizada frecuentemente en esta época, permite a Cervantes, por una parte, protegerse de las críticas por la forma literaria de su obra y, por otra, no ser considerado totalmente responsable de las palabras dirigidas hacia la sociedad española de su época que, a veces, son mordaces. Algo todavía más sorprendente es que, en la segunda parte, los propios don Quijote y Sancho Panza se enteran de que son los protagonistas de un libro y, a partir de ahí, comentan el hecho de que se pongan por escrito sus aventuras. De esta manera, la realidad se une a la ficción, y el juego de las respectivas identidades del autor, del traductor y de los personajes se ve reforzado.

OBRAS SELECCIONADAS

EL QUIJOTE

El Quijote está compuesto por dos partes publicadas con diez años de diferencia. La primera, titulada *El ingenioso hidalgo don Quijote de la Mancha*, se publica en 1605 y logra inmediatamente un éxito fulgurante, hasta tal punto que circulan ediciones pirata de contrabando. Sin duda, este entusiasmo explica que algunas personas imprudentes quisieran sacar provecho: en 1614, un volumen presentado como la segunda parte de la obra y firmado por un tal Fernández de Avellaneda obliga a Cervantes a terminar con la mayor brevedad posible la redacción del segundo tomo de *El Quijote*. Este se publica en 1615 y, en el prólogo, el autor condena al oportunista del año anterior.

El Quijote es el relato de las locas aventuras de un pequeño noble, Alonso Quijano, enamorado de las novelas de caballería hasta el punto de que sus lecturas lo llevan a autoproclamarse caballero errante. Entonces, toma un viejo caballo de tiro al que considera un fiel corcel, elige a una noble dueña de su corazón que resulta ser una campesina de un pueblo vecino, a la que bautiza como Dulcinea del Toboso, y designa a un escudero pragmático, Sancho Panza, al que conoce por casualidad durante sus andanzas. A lo largo de tres expediciones sucesivas (las dos primeras ocupan el primer tomo, mientras que la tercera, más larga, se convierte en el tema del segundo tomo), lucha contra molinos, que compara con gigantes, confunde una venta con un castillo y se adueña del casco del célebre Mambrino, que en realidad no es más que el plato de un barbero. Después, vuelve a su casa, donde recobra la razón y muere.

| Doré, Gustave, ilustración que representa a don Quijote luchando contra un molino de viento a lomos de su caballo Rocinante, 1863, dibujo, colección privada. Gustave Doré es el autor de 370 ilustraciones para una reedición francesa de *Don Quijote* en 1863.

Cervantes, que recibe la herencia de la novela picaresca y que, probablemente, se ve influido por *La vida de Lazarillo de Tormes*, también se inspira sobre todo en las novelas de caballería, a las que quiere parodiar. Este es el punto de partida de *Don Quijote*. En esta época, parece que las novelas de caballería equivalían a nuestras novelas de aeropuerto. Eran relatos unívocos, repletos de buenos sentimientos y de valores nobles que, sin embargo, se habían vuelto incompatibles con la sociedad española de los reinados de Felipe II y Felipe III. Cuando crea a un protagonista que ha leído esas aventuras y las ha convertido en sus modelos, Cervantes está elaborando un relato muy burlesco. Toda la visión del mundo de don Quijote se basa en un ideal literario que intenta a duras penas adaptarse a la realidad. Atribuye sus problemas o sus desengaños a la actuación de hechiceros que solo él podría ver. Convencido de que su causa es justa, ve nobleza en los gestos más banales y vulgaridad en algunas costumbres de la alta sociedad. Según va avanzando el libro, el lector no puede evitar burlarse junto al autor de este personaje excéntrico que evoluciona en una realidad paralela que sale directamente de su imaginación. Es el contraste entre la presentación de situaciones absurdas y la lógica implacable y alocada de don Quijote la que permite que surja, en un primer momento, la risa.

Para contrarrestar a este personaje excéntrico, Cervantes le añade un escudero improvisado, torpe, gruñón y muy prosaico: Sancho Panza. Su presencia permite contraponer dos lenguas, dos caracteres, dos maneras de contemplar el mundo. Sancho Panza, simpático y truculento, también pone de relieve el humor de la obra: aunque el aspecto cómico ya está presente a lo largo de toda la novela, lo cierto es que solo se expresa por completo a través del contraste que este fiel acompañante aporta, gracias a su «humor que ridiculiza, pero que también entiende la locura»[1] (Martin 1991).

---

1. Cita traducida por 50Minutos.es

| Doré, Gustave, *Don Quijote y Sancho Panza*, 1863, dibujo, colección Kharbine-Tapabor.

No obstante, *El Quijote* de Cervantes supera el marco de la simple parodia caballeresca. La postura insensata de don Quijote le ofrece la ventaja de poder realizar todas las críticas y sátiras que quiera. Así, no salen indemnes la España de la época de Felipe II y el gobierno de este último, sobre todo cuando se trata de evocar las condiciones de vida de las clases bajas. En algún momento, las creencias, las tradiciones y las jerarquías modernas reciben los insultos del Caballero de la Triste Figura, como él mismo se apoda. ¿Pero su discurso se debe únicamente a su locura o hay que leer en él las ideas de Cervantes de forma velada? Al final, a lo mejor el loco tiene razón y nosotros somos tontos por no creerlo.

A medida que los protagonistas conocen a nuevos personajes, se amplían a la vez el campo de la acción y el ámbito de la reflexión. Aunque los contemporáneos del autor tenían todas las claves para comprender el texto y sus intenciones, cada época le ha otorgado una nueva interpretación. En efecto, la universalidad de los temas que se tratan en la novela (la locura, la ilusión, la representación de la realidad y la incompatibilidad de los valores con la realidad) siempre termina por incitar a la reflexión, independientemente de su contexto original.

La novela de Cervantes ha fascinado a los escritores —lo que ha dado lugar a algunas secuelas, en especial la del inglés Graham Greene (1904-1991), autor de *Monseñor Quijote* (1982), e, incluso, a cómics— y ha inspirado a muchos ilustradores y pintores —entre los que se encuentran Honoré Daumier (1808-1879), Gustave Doré (1832-1883), Pablo Picasso (1881-1973) o Salvador Dalí (1904-1989). Pero también ha sido adaptado en incontables ocasiones al teatro, a la ópera y al cine. A partir de 1903, Ferdinand Zecca (1864-1947) y Lucien Nonguet (nacido en 1868) adaptan la novela de Cervantes en una película muda de dieciséis minutos y, hasta el siglo XXI, al menos una veintena de series y de películas se inspirarán en el excéntrico caballero. Entre ellos, destaca en 1992 la obra póstuma de Orson Welles (1915-1985), que siempre había acariciado la idea de llevar a las pantallas las aventuras de don Quijote, pero que se había mostrado insatisfecho con el resultado del montaje de las escenas, rodadas a partir de 1955. Finalmente, es su asistente Jesús Franco

(1930-2013) quien termina la película, en la que mezcla escenas clásicas y una lectura moderna de la obra. Por su parte, mientras intenta rodar a partir de 2000 *El hombre que mató a don Quijote*, con Jean Rochefort, Johnny Depp y Vanessa Paradis, Terry Gilliam (nacido en 1940) se ve confrontado a varios obstáculos que no dependen de su voluntad: los robos de material, los problemas de organización, la enfermedad de Rochefort y las lluvias torrenciales. Todo ello termina con el proyecto, que queda inacabado. El documental *Perdidos en La Mancha* recuerda los problemas que surgen durante el rodaje.

NOVELAS EJEMPLARES

La recopilación de doce textos reunidos bajo el título *Novelas ejemplares* se publica en 1613, es decir, entre los dos tomos de *El Quijote*. Sin embargo, Cervantes escribe algunas de estas novelas cortas desde 1590, y dos de ellas están listas para ser publicadas en 1605. Por lo tanto, se trata de una obra de largo recorrido, que se va componiendo a merced de las andanzas del autor.

Aunque las doce novelas cortas tienen características comunes, no comparten tema. No obstante, tratan temas y motivos muy conocidos: unión imposible, triángulo amoroso, casualidad de los encuentros, secretos y revelaciones. Así, *La fuerza de la sangre* desarrolla las consecuencias de los deseos que mueven a un don Juan, *El amante liberal* evoca una unión desbaratada por una trifulca y un secuestro, *El coloquio de los perros* consiste en un diálogo crítico entre unos perros y sus amos, etc.

Todas esas pequeñas ilustraciones de *Novelas ejemplares* presentan un aspecto de la vida cotidiana de la época, y sacan su originalidad y su fuerza de su formato breve y de su concentración narrativa. En efecto, las digresiones, las descripciones largas y, en general, lo superfluo desaparecen en favor de una trama única que, a la vez, es simple y eficaz. Por otra parte, cada uno de estos relatos se centra en un número limitado de personajes cuya psicología es fundamental y cuyas reacciones condicionan toda la historia. Todo se sucede de forma lógica y coherente. Para acabar, mientras que algunas novelas cortas son realistas, es decir, representan la realidad desde un punto de vista verosímil, otras presentan claramente la influencia de los relatos idealistas que Cervantes toma sobre todo para crear *La Galatea*.

Cuando el escritor decide escribir novelas cortas, sabe que alcanzará un estatus de pionero en la literatura de lengua española. En efecto, no parece existir una producción original de este tipo antes de él. Sin embargo, se encuentran traducciones de obras extranjeras, en especial el *Decamerón* del italiano Boccaccio (1313-1375), que ejerce una gran influencia en las literaturas europeas del Renacimiento hasta el siglo XVII. Además, Cervantes establece una distinción entre su producción y los cuentos, que son numerosos en la tradición española. En su opinión, la novela corta debe tratar un momento de crisis preciso, mientras que en el cuento esto está un poco más atenuado y es menos riguroso. Por eso, el título de su obra cobra todo su sentido: sus *Novelas* son *ejemplares* porque proporcionan un modelo del género para los escritores futuros, más allá de su intención moral y didáctica.

LOS TRABAJOS DE PERSILES Y SIGISMUNDA

Los trabajos de Persiles y Sigismunda conforman lo último que escribe Cervantes. Probablemente, el autor inicia esta novela cuando vuelve a Madrid en 1605 y la acaba dos días antes de su muerte, en 1616. Por lo tanto, es probable que su redacción se vea interrumpida en varias ocasiones, sobre todo porque Cervantes compone simultáneamente *El Quijote* y algunas de las *Novelas ejemplares*.

Esta novela relata las aventuras de dos personajes, Persiles y Sigismunda, originarios del norte de Europa. Este príncipe y esta princesa se aman y quieren llegar a Roma para que el papa bendiga su pasión. Se esconden y utilizan nombres falsos, Periandro y Auristela, y así cruzan el Viejo Continente y vencen los peligros que encarnan múltiples personajes secundarios. Las adversidades climatológicas y los encuentros los obligan a separarse y a volver a juntarse en muchas ocasiones antes de llegar finalmente a meta. En Roma, su unión es autorizada en una escena en la que se mezclan lo fantástico y la moral cristiana.

Para esta última obra, Cervantes recurre a un género literario del final de la Antigüedad: la novela griega, también llamada novela bizantina, siguiendo el modelo de las *Etiópicas* del novelista Heliodoro (siglos III-IV).Este tipo de relatos toma su temática principal del amor imposible que sienten dos jóvenes muy idealizados. Estos viven muchas pruebas, pero el desenlace de sus aventuras siempre es feliz. Por otra parte, el género autoriza que vengan a unirse a esta directriz otros relatos de una importancia menor. Así, en Cervantes, la historia, que a fin de cuentas es muy simple, se complica con varias tramas secundarias: en efecto, los protagonistas principales conocen a muchos personajes, que cuentan sus propias aventuras —a veces con bastante detenimiento—, lo que permite la mayoría de las veces arrojar una luz suplementaria sobre el amor de estos dos héroes. Aunque el género de la novela griega legitima por completo estas digresiones, aquí se trata de una práctica típica de Cervantes, que ya utiliza en *El Quijote*.

Además, el autor no es el primero que hace una nueva interpretación del modelo antiguo. Los humanistas del Renacimiento, que se encuentran en la raíz del redescubrimiento de las obras grecorromanas, ya lo intentan y, en España, un primer ejemplo de la novela griega data de 1552 (Alonso de Núñez de Reinoso, *Los amores de Clareo y Florisea y los trabajos de la sin ventura Isea*). Sin embargo, Cervantes pretende superar al griego Heliodoro al integrar en la novela griega una idea moderna y cristiana. Pero aunque insufla a su texto una dimensión moral importante, como algunos de sus contemporáneos —en especial, Jerónimo de Contreras (1505-1582) con *Selva de aventuras* (1565) o Lope de Vega con *El peregrino en su patria* (1604)—, la visión del mundo que deriva del conjunto es menos categórica que la de estos últimos: los límites entre el bien y el mal, entre lo verdadero y lo falso, entre la fe y la filosofía están más matizados y, por lo tanto, sus análisis son más ricos. Tal y como él mismo confiesa, *Los trabajos de Persiles y Sigismunda* es su obra favorita y la más acabada, a pesar de que goza de un éxito relativo a finales del siglo XVII y de que, actualmente, no es la más leída.

CERVANTES, UNA FUENTE DE INSPIRACIÓN

Desde su muerte y hasta nuestros días, Cervantes no ha dejado de ser una fuente de inspiración importante para la literatura. Aunque *El Quijote* es, con diferencia, su obra más leída y la más famosa —y, por consiguiente, la más influyente—, otros textos suyos también marcan a muchos escritores. Así, *La astrea* (1607) de Honoré d'Urfé (1569-1625) probablemente debe mucho al marco bucólico de *La Galatea*.

El punto de partida de *El Quijote* acerca la obra a un tipo de texto muy conocido, pero la originalidad de Cervantes la convierte en un modelo para todas las generaciones de futuros escritores. Ya a partir del siglo XVII, la profusión de las tramas secundarias mezclada con lo ridículo de los personajes aparece en relatos burlescos como *La novela cómica* (1651 y 1657) de Paul Scarron (1610-1660) o *Novela burguesa* (1666) de Antoine

Furetière (1619-1688). Por otra parte, cuando Cervantes hace que sus personajes sean conscientes de su estatus de ficción, inaugura una práctica que retoman varios autores del siglo XVIII, como Denis Diderot (1713-1784) con *Jacques el fatalista* (1778-1780) o el inglés Laurence Sterne (1713-1768) con las *Vida y opiniones del caballero Tristram Shandy* (1759-1763). En el siglo XX, el juego sobre la identidad del narrador, del escritor y del protagonista inspira a Jorge Luis Borges (1899-1986) a la hora de escribir una de sus novelas cortas de su antología *Ficciones* (1944), «Pierre Menard, autor del Quijote»: un tal Pierre Menard se lanza a reescribir *El Quijote* exactamente como el original, pero justificando cada una de sus decisiones con un argumento moderno.

Junto a los que se inspiran directamente de *El Quijote*, muchos escritores le veneran un auténtico culto, según sus propias confesiones, como Gustave Flaubert (1821-1880), Henry de Montherlant (1895-1972) o Vladimir Nabokov (1899-1977). De hecho, el primero escribe en su correspondencia que «lo que hay de prodigioso en *Don Quijote* es la ausencia de arte, y esa perpetua fusión de la ilusión y de la realidad que hacen de él un libro tan cómico y tan poético» (Lucía Megías 2015). *El Quijote* genera tanta fascinación que, en 1905, Miguel de Unamuno (1864-1936) publica un libro titulado *Vida de don Quijote y Sancho*, que analiza la novela de Cervantes capítulo a capítulo. El comentador defiende sobre todo la locura justa del personaje principal contra el supuesto buen sentido común de los mortales, lo que convierte a don Quijote en una especie de modelo filosófico.

De una manera más difusa, la intromisión de lo fantástico en el mundo de lo real inspira otro lado completamente distinto de la literatura de los siglos XX y XXI. La aparición de un elemento inexplicable en un universo racional, presente a la vez en *El Quijote* y en *Los trabajos de Persiles y Sigismunda*, es apodada por la crítica el «realismo mágico» y origina una auténtica corriente literaria que representan, sobre todo, Ítalo Calvino (1923-1985), Gabriel García Márquez (1927-2014), Salman Rushdie (nacido en 1947) o el japonés Haruki Murakami (nacido en 1949). Todos estos autores parten de la banalidad de la vida diaria para revelar lo que esconde de fabuloso.

EN RESUMEN

- Cervantes es uno de los autores principales del Siglo de Oro español, un periodo en el que se produce un importante auge cultural que se extiende desde finales del siglo XV hasta mediados del siglo XVII. En paralelo, en el plano político, con el inicio del siglo XVII llega el declive de España. Los problemas de gestión del Imperio español conducen a un deterioro de las condiciones de vida para una gran parte de la población.

- El escritor, que es sucesivamente secretario de un futuro cardenal, soldado durante la batalla de Lepanto, prisionero de guerra, recaudador de impuestos e, incluso, fugitivo acusado de asesinato, lleva una vida particularmente agitada.

- No le dedicará más tiempo a la escritura hasta 1580. Alcanza sus primeros éxitos en 1885, con una novela pastoril, *La Galatea*, y una obra de teatro, *El cerco de Numancia*. Pero su actividad literaria se ve interrumpida por un periodo de exilio en Andalucía y por problemas con la justicia.

- Es en la última parte de su vida cuando produce más. Entre 1605 y 1616, año de su muerte, publica tres obras fundamentales: el famoso *El Quijote*, *Novelas ejemplares* y *Los trabajos de Persiles y Sigismunda*, un libro que considera su obra más acabada.
- Cervantes tiene la costumbre de inspirarse en géneros que ya existen (la novela picaresca, la novela griega, etc.) y de tratar temas tradicionales (el amor, la locura, etc.), pero demuestra una originalidad indiscutible al transformarlos, al parodiarlos o al adaptarlos a la cultura española en unas obras que están teñidas de humor y de crítica social.
- Su producción y, en especial, *El Quijote*, marca a muchos autores, que se nutren en abundancia de su humor, de sus técnicas narrativas y de su reflexión acerca de lo real y de lo ilusorio.

¡Tu opinión nos interesa!
¡Deja un comentario en la página web de tu librería en línea,
y comparte tus favoritos en las redes sociales!

PARA IR MÁS ALLÁ

FUENTES BIBLIOGRÁFICAS

- Becker, Danièle. 2002. "Cervantès, l'homme des masques et des secrets". *Clio*. Consultado el 4 de octubre de 2017. http://www.clio.fr/bibliotheque/cervantes_l_homme_des_masques_et_des_secrets.asp

- Canavaggio, Jean. s.f. "Cervantès, Miguel de (1547-1616)". *Encyclopaedia Universalis*. Consultado el 4 de octubre de 2017. https://www.universalis.fr/encyclopedie/miguel-de-cervantes/

- Colectivo. 2010. "Les grands héros de la littérature: Don Quichotte". *Le Magazine littéraire*, número especial n.º 1.

- de Cervantes, Miguel. 1981. *Les nouvelles exemplaires*. París: Gallimard.

- de Cervantes, Miguel. 1999. *Les travaux de Persille et Sigismonde*. París: José Corti.

- de Cervantes, Miguel. 1988. *L'ingénieux hidalgo Don Quichotte de la Manche*, t. 1. París: Gallimard.

- de Cervantes, Miguel. 1989. *L'ingénieux hidalgo Don Quichotte de la Manche*, t. 2. París: Gallimard.

- de Cervantes, Miguel. 2001. *Œuvres complètes*, t. 1

y 2. París: Gallimard, colección *Bibliothèque de la Pléiade*.

- Joset, Jacques. 1995. "Cervantès (1547-1616)". *Patrimoine littéraire européen. Établissement des genres et retour du tragique (1515-1616)*, 883-885. Bruselas: De Boeck université.

- Lapeyre, Henri. s.f. "Espagne (Le territoire et les hommes) – De l'unité politique à la guerre civile". *Encyclopaedia Universalis*. Consultado el 4 de octubre de 2017. https://www.universalis.fr/encyclopedie/espagne-le-territoire-et-les-hommes-de-l-unite-politique-a-la-guerre-civile/

- Larousse, "Arts du Siècle d'or espagnol". Consultado el 4 de octubre de 2017. http://www.larousse.fr/encyclopedie/divers/arts_du_Si%C3%A8cle_dor_espagnol/181572

- Larousse, "Miguel de Cervantès". Consultado el 4 de octubre de 2017. http://www.larousse.fr/encyclopedie/personnage/Miguel_de_Cervant%C3%A8s/112410

- Lucía Mejías, José Manuel. 2005. "El Quijote universal: la lectura en imágenes". *Centro Virtual Cervantes*. Consultado el 5 de octubre de 2017. https://cvc.cervantes.es/lengua/anuario/anuario_15/lucia/p01.htm

- Martin, Adrienne L. 1991. *Cervantes and the Burlesque Sonnet*. Berkeley, Los Ángeles y Oxford: University of California Press.

- Molho, Maurice. s.f. "Picaresque, roman". *Encyclopaedia Universalis*. Consultado el 4 de octubre de 2017. https://www.universalis.fr/encyclopedie/roman-picaresque/

- Riley, Edward C. y Anne J. Cruz. s.f. "Miguel de Cervantes". *Encyclopaedia Britannica*. Consultado el 4 de octubre de 2017. https://www.britannica.com/biography/Miguel-de-Cervantes

- Santana Romero, Manuel. 2016. *El amanecer de un hombre muerto*. Sevilla: Editorial Samarcanda.

- Sesé, Bernard. s.f. "Don Quichotte, livre de M. de Cervantès". *Encyclopaedia Universalis*. Consultado el 4 de octubre de 2017. https://www.universalis.fr/encyclopedie/don-quichotte-livre-de-m-de-cervantes/

FUENTES ICONOGRÁFICAS

- Doré, Gustave, *Don Quijote lucha contra un molino de viento con su caballo Rocinante*, 1863, dibujo, colección privada. La imagen reproducida está libre de derechos.

- Doré, Gustave, *Don Quijote y Sancho Panza*, 1863, dibujo, colección Kharbine-Tapabor. La imagen reproducida está libre de derechos.

- Martínez Zapatero, Rafael, Pedro Muguruza y Lorenzo Coullaut Valera, monumento a la memoria de Cervantes, 1925-1930, plaza de

España, Madrid. La imagen reproducida está libre de derechos.

- Portada de la primera edición de *El Quijote*, 1605. La imagen reproducida está libre de derechos.

- Retrato de Miguel de Cervantes. La imagen reproducida está libre de derechos.

50MINUTOS.es